与大江书

YU
DA
JIANG
SHU

2014－2017

张巧慧 著

文匯出版社

张巧慧 /
ZHANG
QIAO HUI

　　张巧慧，女，70年代末出生。中国作家协会会员，已出版诗集四部、散文集一部。作品刊发于《人民文学》《诗刊》《十月》等数十种杂志及年度选本。参加中国作协诗刊社第三十届青春诗会、鲁院31届中青年作家高级研讨班；获华文青年诗人奖、浙江青年文学之星优秀作品奖、浙江省"新荷十家"、於梨华青年文学奖、储吉旺文学奖、宁波青年文艺之星等，列入宁波市文艺家工作室（文学）。

序

◎ 李敬泽

　　去岁访慈溪，凉夜中三五人坐在陈之佛艺术馆的院子里，听巧慧讲陈之佛的事，听着听着，就觉得，花在陌上开，鸟在枝头鸣，看一个人在岁月里、山水间描花摹鸟，一切都是无端地好。

　　陈之佛是慈溪人，慈溪有陈之佛艺术馆，陈之佛艺术馆的馆长是张巧慧。在我的微信朋友圈里看巧慧，只看见访残碑、写小楷，摩挲旧物、莳花望月，款款徐徐而行。我有一百多个我，其中一个我想过的日子也是这样的吧。

　　我与巧慧，不过见过三四面，也知道她是诗人，也看到她近年得奖。忽一日发来诗集，命我作序，只觉得诚惶诚恐。多年来遥望江湖，不言不语，不明白为何要让我写序。巧慧爽利道，你便说些闲话罢。

　　好吧，你敢让我写我还不敢答应吗。电脑上打开诗集，第一部分《与大江书》，第二部分《青鸾舞镜》，一首一首看下去，渐渐地，看到夜深。

　　巧慧的诗，放在当今诗坛是个什么位置，这我不知。江湖茫茫，我只是无心看客。只是今夜看诗，我觉得历历皆是好诗。一个人，在山水间、天地间走着活着写着，清风明月也好、烟雨迷蒙也罢，这些诗里自有一份情意，于山水天地乃至家常日用皆有情有意，这是好的，其实也是难的。

说说为什么难。因为"平常"？我的感觉，巧慧在诗中似乎只求一个"平常"，无论对语言、对诗的"理"与"情"，她似乎有意或无意地摒弃了任何激烈的、极端的、喧闹的、突兀、狂怪生硬的因素，她的诗有一种微妙的——很可能是出于天性的尺度，或者说是一种光晕，它正好使事物平静地浮现出来，不是为了"震惊"，而是，让世界在静谧中如新而亲切。

如此说来，不是"平常"而是"平静"？这些诗里确有大静。"不敢高声语，恐惊天上人"，作为诗人的巧慧，她的语调是低的，是委婉的、小心的低声语，她倒不是怕惊了天上人，也许她怕的是，惊了这山这水这世间这世人，她是悄悄地来这世间游历，于一切都怀着一份珍惜——连对自己，她也是小心的，如一个孩子，把万事万物如一块糖暗自含在嘴里，小心着，把滋味悄悄咽下去。

诗如其人。于巧慧是恰当的。其诗中的伶俐和通透，与人一般；诗中的严谨与厚实，和人相似。我读诗，大抵是读性情。由诗中之性情进而读出诗人的襟怀、趣味及形象。诗的好，也应该就是人的好。

巧慧的诗，机锋不露，但不失力量。冷兵器时代有一种兵器叫铜锤。无刃无刺无钩，却是重器，非力大者不能使。巧慧的诗，我读着，不时着了重锤。

巧慧的诗中，还溢着一种对生活的理想；她对传统文化的怀思与传继，对未来的敞开与期冀，对当下的呈现与珍惜。

"珍惜"，或许因为她知道，此时此刻，如露如电如梦幻泡影，一切的美一切的好终究都是脆弱，如枝头一只鸟，一瞥间已翩然飞去，再看见已是三生三世。所以，她敬重一切，所有的平常都是深长，所有的平易都是细致明丽，鸟的每一声鸣叫都是余音绕梁。

　　这样一个诗人，她在诗坛中站在哪，我不知，我却知她的诗与人相敬相亲。以画举例吧，青藤八大的画是好的，但若挂在家里，我只怕心会乱、眼会白。案头抬眼，我愿意看见的，是陈之佛的花与鸟，心静了，眼明了。

　　巧慧便是陈之佛案前童子，偷吃了砚中古墨，且来写诗。

　　是为序。

李敬泽：作家、批评家、中国作家协会副主席

"江水穿过窄门获得
新的开阔"
——关于张巧慧的诗歌

◎ 杨庆祥

张巧慧的新诗集中有一首诗《青鸾舞镜》：

我曾拓过一枚汉镜，浮雕与铭字
已残缺

——那只青鸾去了哪里？

愈来愈偏爱这些无用之物，聊以打发时光
打发平滑的镜面般的生活

——是谁的镜像？

镜中妇人面容模糊
但孤独
那么清晰

穿白衬衣的女孩在自拍

她尚未意识到

青春是一种资本

也未曾听过青鸾舞镜

2017 年 5 月

　　这首诗写于 2017 年，应该是属于一首比较晚近的诗歌，但是从诗歌写作学的角度来看，这首诗可以视作一首"核心"之作。张巧慧以中国传统典故为诗题，以青鸾为起兴，以鸾喻人，追问在现代的语境下自我、生活和书写之间的复杂关系。这首核心之作的核心是"镜像"。这里有一种微妙的位移，在古典语境中，青鸾舞镜象征的是一种忠贞和知音，它并不指向"鸾"的自主性，但是在张巧慧的诗歌中，"镜像"更具有现代性，它关涉到的是自我的界定和建构——"是谁的镜像？"——物与人是一体的，或者说，张巧慧意识到了一种"冯小青式"的危机——在著名人类学家潘光旦的研究中，冯小青对镜自怜，构成了一种"影恋"式的精神疾病，最后在影恋中无法确认真实的自我郁郁而终——张巧慧努力克服这一危机，她通过各种"格物"来抵抗"平滑的生活"，在另外一个意义上，她也是在抵抗一个可能在"镜像"中丧失自己的人。也就是说，这里有多重的指向，通过"我"的凝视，诗人意识到有一种可能的危险，这一危险在诗歌《一条江加深我对宽阔的理解》里有清晰的表达：

不，你不能总是沉浸在自己的小悲伤中

纠结于细小的裂缝、碰撞和残缺

　　因此，对镜观我的目的不是冯小青式的"影恋"，也不是青鸾的"自舞"，而是"破镜"，从自我出发，但同时要解放自我。

从这首"原诗"出发，可以发现张巧慧这本诗集的主题和方法。她诗歌的主题主要集中于咏物，其中一首《三江源》可以视作代表：

甚至不需要阳光。乍晴还雨的日子
我和范敏姿、吴守全去寻访南阳溪的源头

水仙草，地龙，江南杞木
平凡的事物都发出自性的光芒

那茎未被触摸过的草叶
尚未沾染不洁之物

十三个草甸子，九个未醒
三个遗落在仙境
还有一个正沉浸于自身的丰盈
湖中的野蒁菜，应该有更好听的名字

我们穿过安静的矮松林，
惟有风能让它们苏醒
惟有它们内心的想法，能让它们激动
令人尊敬的是，黄皮湿地的短叶松
不像书生，不像寒士，每一株都像树本身

美，不需要隐喻。晨光如此美好，
我一定被深深爱着，却并不知情。

这首诗中出现了大量的"物"。我们知道，咏物诗是中国传统诗歌最重要的类型，在中国的文人诗中，通过"物"，来表达的是诗人的"志"。但是在张巧慧的诗歌中，她一方面继承了传统咏物诗"人""物"互感的传统，以物证心，但是在另外一方面，她又努力让物"发出自性的光芒"。她以心去感物，但并不意味着一种占有，而是让"物"获得自己的秩序和位置，在此过程中，诗人的主体性不是被缩小了，而是放大了。这其实有一种批判性，对占有和私我的批判，不过是，张巧慧以一种曲折而隐晦的方式——也就是美学的方式来行使其判断的权力。

在这一书写的过程中，张巧慧找到了一种观察的视角和书写的方法。这一方法可以用两个字来总结，一个是"过"，一个是"拓"。这整部诗集里面有大量的以"过"为题的诗歌，如《车过竹口》、《过西洋殿》、《过扁鹊庙》、《过百山祖自然博物馆》、《桃花时节过奉化》、《过掌起十里桃源》，等等。即使在那些不是以"过"为题的诗歌中，"过"、"寻访""路遇"等等也是基本的视角。诗人意识到自我的局限性，但是又不想完全执着于"镜像式"的自我，所以万物都构成了自我的镜子，通过"过"这一行为和动作，诗人将自我的性灵投放到广阔的山野之间，获得一种自由而自为的精神状态，而这种状态，恰好是现代性最缺乏的一种精神状态。在这个意义上，张巧慧写作的现代性就凸显出来了，她以"过"的方式将古典的智慧转化为一种现代的写作行为，她看到了一种灾难性的精神远景，也就是，古典的智慧和精神在现代的物质主义里被透支和粗鄙化，有一种本原性的东西已经丧失了，因此，对精神的保存只能通过"拓"的方式来进行——这与本雅明的命题极其相似，本雅明试图通过对一种"物"收集和展览来保存已经消失的文明和记忆——请看这首《拓墓志》：

　　许多年了，比起完美，我更相信残缺

我在一块墓志铭上读到逝者曾经的荣光和斯文

棺木全无，被盗的风雅被匠人们一再复制

文保所的守门人，守着一堆残碑，养了一大群鸡鸭

园子里的植物盖过石人石马

一个成熟的人，早已掌握修复苦难的技术，

她拓着残碑的边缘，并对残缺保持敬重

我种下的那些秧苗和豆子，早已长成庄稼

那些并置的生活，在春风里欣欣向荣

我拓完那块墓志，微微鞠了一躬

　　我以为这一首是张巧慧的代表作，她将写作比喻为一种还原，虽然知道还原的不过是"残缺"和"摹本"，但是，对于自我的超越克服，对于当下生活的超越和克服，却只能借助这种方式来进行。佛教的"不执"、道家的"道法自然"和儒家的"知其不可为而为之"，就这样综合成一首首诗歌，并获得其鲜活的"当代性"。这，正是张巧慧诗歌指向的一种精神美学，也正是因为她孜孜不倦地探求这种精神境界，她于是穿过狭窄的暗门，像大江一样流动，并获得了新的开阔。

　　再多说几句。很多时候我会对当下诗歌写作的泥沙俱下感到厌倦，这种厌倦甚至引起了一种智识上的不信任——当代的诗歌写作能够给我们提供精神美学吗？或者说，当代诗歌写作究竟在什么层面上来给我们提供精神美学？当代诗歌写作者可能都面临着一种更严峻的挑战，他的书写和表达不得不接受更苛刻的检视，你的同时代的读者们不可能都是专业的文学史家和批评家，他们仅仅从"感受性"的角度就可以推翻你的诗歌，在这个意义上，以个人化为其本质性规定的当代诗歌写作从一开始走上的就是一条"危险的窄路"。当你的"个人性"不能洞穿他者的时刻，

你的写作在某种意义上就可能是无效的。因此，建构精神美学最重要的前提，首先就是要锻造自己的"个人性"，——也就是说，"个人性"的真正含义是"超越个人的一种综合性的精神境界"，是一种包含了"一"同时又"大于一"的辩证生发的过程，在这个过程中，传统与个人才能之间获得新型的综合关系。

　　这正是张巧慧这本诗集指向的目标，她或许只是"无为而治"，但在这"无为"的背后，却是精神、智识和感受性的严酷训练。在这部由《与大江书》和《青鸾舞镜》两部分组成的诗集中，我重新获得了一种阅读快感，这种快感当代诗歌已经鲜有提供。也就是说，张巧慧首先以她诗歌的"感受性"洞穿了作为一个普通读者的我；而在另外一个层面上，当我以一个专业批评家的姿态来检视她的作品的时候，我发现她的诗歌提供了一种智识层面的东西；也就是说，她的诗歌不仅仅是"可读"的，同时也召唤着一种"可写性"。在双重的意义上，我都必须承认这一点，这些诗歌治愈了我的"厌倦症"。

杨庆祥：诗人、批评家、人民大学教授

她和她的诗

她的诗睿智而长于思辨，她能赋予普通事像以深刻的理喻。

——谢冕　批评家、北京大学教授、博导

这是一位善于用江南女子纤细的笔触抒写内心感悟的诗人。她对诗有着深刻的理解并进行了多方面的探索，力图在灵与肉、心与物、主观与客观的冲突中，让内心的光源照亮自己。

——吴思敬　批评家、首都师范大学教授、博导

她以细微的笔法书写现实生活，她对生活和艺术有着较为全面的观察和体验。她的诗歌中融入了其他艺术的情愫，内容充实、多样，语言平实，舒缓，在细微处见功夫。

——林莽　诗人、《诗探索》主编

张巧慧是个敏感的诗人，懂得以一种缓和、节制的姿态抒写个人情感体验。她的诗歌是小桥流水，细浪涟漪，舒缓沉静；有时也是悬崖瀑布，有着奋不顾身的奔泻。

——商震　诗人、《诗刊》常务副主编

张巧慧的诗富于启示性，敏锐的艺术感觉在日常的生活中不断地发现诗意，生存的沉思展现了内心世界的丰富。

——刘福春　中国社会科学院教授

她的诗中有一种思考之重，这让她的诗区别于许多诗歌能被读者记住。但她的诗意又是灵动的，开阔的，她能将每个沉重的主题表达得日常，有时甚至是漫不经心，这是她驾重就轻艺术表现天赋的很好体现。

——荣　荣　诗人、浙江省作协副主席、《文学港》主编

张巧慧是一位善于发现日常景象中画意与诗情的诗人。诗作自然流动，情感真挚。纤细的艺术感觉，使她的诗中常有灵动夺目的光芒。委婉而机智，纯朴而有力，使诗歌呈现出一种醇和的人性之光。

——蓝野　诗人、《诗刊》编辑

张巧慧的诗歌是另一种锋芒。她的判断是非定性的判断，一种事物到另一种事物，一种状态到另一种状态之间的"是"，产生连接，把定性的权利留给你，她尽量打开，打开看到的一切，打开体验到的一切。她坦诚地把自己对于这个世界的看法，对某个物象的看法，对人的看法，对生活当中的某些细节的看法，在诗歌里呈现出来。在她展现看法的时候，我们能感受到她的力量非常大。这个大来自于自我压迫之后的一种弹跳。她对世界对人间包括对自己有独特的体验和穿透，她用诗做一种有韧度的抵抗。她都冲向自己，在冲向自己的过程中让你看到这个世界的真相，然后让你更澄明地穿透世界认识世界。她知道自己写作的临界点在哪里。这是一种非常珍贵的素质。临界点把握好了，才能有所敬畏。

——施战军　批评家、《人民文学》主编

张巧慧持续自己的风格挺好的，发挥南方气质也是一种个人特质。写诗歌不需要听太多评论家的评论，不必承载太多。我觉得张巧慧的诗歌写得很不错，技巧成熟，善于处理复杂经验，比如《孔雀》一诗，空间和人与物的切换，结构的营造，既有古典诗歌的元素，也有西方诗歌的影响。

——王家新　诗人、翻译家、人民大学教授、博导

空灵中有梦境和幽思，怅惘中有通达和禅悟；看似无心，实则有意，居淡远而观闹世，着寻常而守脱俗；诗歌的态度即是人生的态度，反之亦然，有什么样的栖居也就有什么样的修辞。她的日常性和以此提炼的诗意，令人如吸新鲜的空气，说不出美在那里，但却这样让人舒展，沉醉和踏实。

——张清华　批评家、北京师范大学文学院教授、博导

何处觅江南？

万古河山、前人遗迹、汗漫诗书里都有中国文人的江南，哀感顽艳，忧伤而优雅，今天，舞文弄墨的人常常一厢情愿地膜拜这样的江南。张巧慧不然。她生长在江南似是而非的“物”中，她与诗书掌故里的“人”比邻而居，她观水，是看时间的流逝，她望山，是循诗人的旧路——青鸾舞镜，乃中国诗人命运绝佳的隐喻，自诗书中窥见同类，认清自我，知晓天命。张巧慧用白话汉语写“诗江南”，用一位现代女诗人的心思、情感，去看待江南的物、人和情，这里有一个女人的爱情、忧思和惘然，有母亲，有江南的过往与此刻。

——李蔚超　鲁迅文学院教研部、北京大学文学博士

张巧慧的诗歌是一道移动的风景，她在行走中获得观察的视角，将山河大地插上诗歌的双翼，在宽厚的人文主义情怀中生发

诗意。同时她又深具诗人的自觉，用娴熟而独特的风格来处置她的所思所想，她的诗歌开阔如大江，格物致知，明心见性。

——杨庆祥　诗人、批评家、人民大学教授

张巧慧的诗有一种特殊的魅力，能够在生活细碎与灵魂景深之间搭建起内在的同构性。菖蒲、金鱼、瓦罐、跳舞兰、多肉植物、古人碑记、甚或感冒侵扰中一碗寻常的药汁……这些看似平淡无奇的事物，在她的诗句中却一再被雕镂出层层叠叠的情感纹理。张巧慧的诗常常围绕一个或一组具有相关性的意象展开，此种展开一方面是真切、细致的，另一方面又总是以不易察觉（却执拗坚定）的方式向主体的内心世界倾斜——就好像竹枝半没于溪水之中，水流环绕、光线弯折，竹枝是它本身、却又似乎不再仅仅是它本身。与此相得益彰的是张巧慧的语言风格：女性的细腻精致与古典中国的淡雅从容，在她的词句间滋养出令人难忘的美学光辉。

——李壮　诗人、批评家、中国作家协会创研部

对张巧慧近几年创作的诗歌进行阅读，可以发现她的关注点主要可以分成三大类。一类是从读书、写作等日常生活中引发的对自身、对周围的联想；一类是对命运的关注，渗透着作者在一定程度上的底层关怀或批判意识；一类是作者将自己的心思沉淀在典籍或风物所蕴藏的历史中，将历时层面中已经消逝之物用感性铺展于共时层面，供人思索感受。

"平淡而山高水深"，是黄庭坚对杜甫后期律诗的评价，是他对自身的一个期许。在我看来，这句话也正可以成为张巧慧在诗歌创作上的目标。就如前年华文青年诗人获奖理由中写的那样，"诗歌语言平易、舒缓，情感细微，内容宽泛而充实"是张巧慧诗歌的优点，这在沉淀自八、九十年代，更欣赏想象力的分裂、问题意识的尖锐与灵魂求索的极致深刻的当下诗歌界中，可能并

非是最"显眼"的创作特质，但我深信我们正处在一个审美取向、经验获取方式都在发生深刻转变的时代，只要张巧慧能够坚持发挥自身的长处，终有一天她的诗歌能够通向真正的"远方"，为喜爱诗歌的人提供不可替代的阅读体验。

——刘诗宇　北京师范大学文学博士

读张巧慧的《家春秋》让我联想到现代文学的许多东西。一路上诗人的情绪随着沿途的所见所闻而起伏，这使得作品有一些公路小说、成长小说的意味儿。少年、"我"以及读者，实际上是一同在经验、思考着一些现象与命题。我觉得这里应当注意的还有诗歌中的少年形象，他们要么像闯上车的结巴少年一样令人生疑，要么如工厂里的工人一样没有来得及在作品里发声，乡村少年应有的元气与朝气在作品里被过滤掉了，甚至连理想也"触手可及又偏偏空着"——去对比一下梁启超在《少年中国说》里的浪漫想象和期盼——而这是否可以理解为城市不可能拯救乡村，乡村也无法为城市输入更多呢？而这莫不是现代性的悖论之一吗？

——冯　雷　北方工业大学中文系教授、北师大文学博士

张巧慧的诗作区别于女性诗人通常对内心感悟的书法，而多在看似日常的叙事中蕴含"智性"因子。张巧慧的诗作立足于现实周遭的此在，但并非简单地临摹"风景"，而是借平实的语言显彰灵与物的碰撞，传达生活背后深层的东西。"智慧"因为新诗之初"抒情"的强大势力而并不被认可关注，但"智性"因子并没有销声匿迹，而是顺着新诗的河流不断向前迈进。张巧慧在此也可以说得到了缪斯之神的眷顾，其《孔雀》《桃花潭畔的几种事物》等诗作都是如此，在日常生活中提炼诗意，在琐屑世俗背后思考人的存在状态，诗人在努力对自我精神进行多种探索。

——柴高洁　中原工学院外国语学院教师、南开大学文学博士

目录 CONTENTS

01 与大江书

泗溪河 \ 003

百丈漈 \ 004

观瀑 \ 005

千秋塔 \ 006

兼爱 \ 007

家春秋 \ 009

花事 \ 011

在刘基庙 \ 012

安福寺 \ 013

望湖楼 \ 015

湖畔 \ 016

放鹤亭 \ 017

上林湖 \ 019

拓墓志 \ 020

拓碑记 \ 021

过桥头而遇春风 \ 022

老宅深处 \ 023

过掌起十里桃源 \ 024

南尖岩 \ 025

游园不值 \ 027

致汤显祖兼寄 \ 028

班春劝农者说 \ 029

牡丹祭 \ 030

蔡相庙听曲 \ 032

我如何勒住诗中的瀑布 \ 034

过月山村 \ 036

过云泉寺 \ 038

三江源 \ 039

黄皮湿地即景 \ 041

车过竹口 \ 043

过西川村 \ 045

过扁鹊庙 \ 047

过百山祖自然博物馆 \ 049

三江口，一场火灾 \ 050

奉化江畔 \ 052

桃花时节过奉化 \ 053

雪窦寺 \ 054

轻嗅 \ 055

林逋小像 \ 056

台风过境 \ 058

春风吹动花枝 \ 060

救赎 \ 061

平静是最大的汹涌 \ 062

沉默的河流 \ 063

她是我的母亲 \ 064

杜泽老镇的不速之客 \ 065

辗转于一场美的被毁 \ 067

如梦令·兰溪晨起逢雨 \ 069

一株泡桐的美如何超越
　自身 \ 070

在荷花山遗址 \ 072

她的美具有古典主义 \ 073

孔雀 \ 075

再一次说起铁匠铺 \ 077

人到中年或船到江心 \ 079

过严子陵钓台 \ 081

一条江加深我对宽阔的
　理解 \ 082

小令·过钱塘江 \ 084

与大江书 \ 085

02 青鸾舞镜

月夜鸟鸣 \ 089

桃花潭畔的几种事物 \ 090

青鸾舞镜 \ 092

玩物志 \ 093

抱花的僧人 \ 094

清迈的春天 \ 095

谒弘一法师圆寂处 \ 096

夏日午后 \ 097

夜读 \ 098

有一种安静 \ 099

地坛公园 \ 100

北京的风 \ 101

过圆明园 \ 102

过燕都遗址 \ 103

过景山 \ 104

望故宫 \ 105

过卢沟桥 \ 106

等雪来 \ 107

绿皮火车 \ 108

赴柳叶湖迷路有感 \ 109

望月兼寄 \ 110

凌晨一点的月色 \ 112

独步湖畔有感 \ 113

盐的前生是一小片海 \ 114

雪后 \ 115

静夜思 \ 116

遭遇 \ 118

赠别 \ 119

蛙鸣 \ 120

汪伦墓前 \ 121

宣纸 \ 122

过杜鹃湖 \ 124

琥珀 \ 125

冒险 \ 126

看花去 \ 127

黑马 \ 128

玫瑰峰 \ 129

底线 \ 130

放生 \ 132

花器 \ 133

梅花粥 \ 134

除夕 \ 135

你的对手叫做空 \ 137

她将保持台风中的宁静 \ 139

观小女临张大千敦煌壁画 \ 141

小筑花开 \ 143

无题 \ 145

静默 \ 147

中年 \ 148

害怕 \ 149

义乳 \ 150

假发 \ 151

杀放生 \ 152

综合病房 \ 153

病理报告 \ 154

夏木 \ 156

石斛 \ 157

方言 \ 158

夏风吹 \ 159

术后 \ 160

芍药 \ 161

陪床 \ 162

往生 \ 163

鸡鸣寺的清晨 \ 165

五磊寺茶叙 \ 166

金仙寺的春天 \ 167

寒山寺的三个片段 \ 168

上佛顶山 \ 169

伏龙寺的古典主义 \ 170

南山寺闻笛 \ 171

访洞山古寺 \ 173

过慈云寺 \ 175

1
Chapter

与大江书

泗溪河

昨夜雨大，泗溪河的水一夜间变黄了
但她仍是干净的

她压住自己的声音
越来越低，越来越开阔

过鹤川桥她忽然激动起来
像一个觉醒的女性
意识到自己错失很多

难以回头，
她成了母亲，
蓬头垢面的母亲。

路还那么漫长

2016年11月　文成

百丈漈

当她亮出决绝，冲击力来了
她全身心扑下来

像李白的写作，飞扬跌宕
但还得一点点收拾起碎片
像杜甫的写作，匍匐于大地之上
往下，再往下，
汇入泗溪河，汇入高楼湖
成为平静的代名词
成为集体的沉默

我曾像她一样爱过，投入过
现在我与内心的瀑布保持距离
任她在心中惨烈地响

2016年11月　文成

观

瀑

经过大量的铺垫
她才抛出惊人的句子
像瀑布大跌大落

多么娴熟
百丈漈，一漈不够还有一漈
像一个走投无路的女人
要么堕落，要么脱胎换骨

我忍着，从不把
个人的荒凉和悲痛强加给谁

2016年11月　文成

千秋塔

异乡之夜，彼岸有塔
通体的光安慰了我，
神总会在黑暗中现身，于高处
看护着红尘

早上我看清塔的真相
现代仿古建筑，钢筋混凝土和砖结构
它的平凡安慰了我
活在人间，我们需要朴素的认同
一个华侨把思乡之情立在高处
告诉游子
故土是神
又像无用的装饰

2016年11月　文成

兼
爱

爱花开，爱惜花的人
也爱折花的人

爱瀑布，爱一条江的上游
也爱她的下游

爱古代雕花的屋檐
也爱我们的粗鄙以及反粗鄙
倘若再迟几天，或能遇上盛大的祭祀

爱一座山，爱山间的丰美
也爱山脚的几个村寨，
导游小田说村里的少数民族，
只有语言，没有文字
尾音拖得很长
就像飞云江一样

爱山樱花，她开得那么白，
让我的爱变得小心翼翼。

2016年11月　文成

家春秋

结巴少年，描述他的家
梅垟下，渡口那头的小村，
三楼空着，等他攒钱娶媳妇
乡下人家都这样
少年们在华侨厂里上班，管饭，管住
一星期回一趟家。次数已越来越少
交谈中，我完成一次撑渡
想出去的人渡出去，想归来的人渡进来
一条狗，每到周末都等在门口
你回不回来，它都在那里
（我也曾养过一条狗，病重了还等着我
忠实的生活和狗
到死也等着我）

飞云湖跟着我们的车跑
平静，开阔
像一位母亲，听儿子略带兴奋和羞涩的描述

车过赵山渡，我看到大坝
某种规则扼住溪的喉咙
平静戛然而止，剩下落差与泄洪
我没问少年姓什么，
一路上我遇到的成片油菜花
都像是他；他所描述的家，
如我失去多年的故土。
这些年，我像爱故乡一样爱着异乡。

2016年11月　文成

花
事

你做不到花朵那样。
淫荡，又无邪。

悬钩子开花了
蜜罐子开花了
无知无畏

他们轻嗅花蕊的样子
一点不像食肉动物

我不应于此时看到深处的陷阱
和斑斓的皮毛

山鸡椒有自身的觉悟，她的香
有点辛辣，像挑逗
又像适当的拒绝
——她又一次赢了我

2016年11月　文成

在刘基庙

知道了智者的结局
我对自身释然起来

形而上的魂，形而下的命
金玉与败絮互为表里

相比于争食的锦鲤，我更喜欢
沉于水底的那尾，静，不动
黑色的鱼脊，把水分开
是隐士，就一隐到底
喂鱼者是佛
观鱼者是庄子
晴日，春光。所有悲剧已获得宽恕

独有隐匿着的一只公鸡不住打鸣，
在提醒谁——

2016年11月　文成

安福寺

晚课不会等你
方丈室的禅茶也不会等你
我赤着脚走来走去

体内的钟声一遍遍响起
默立
作揖
身着灰袍的僧人走进来
身着黄袍的僧人走进来

放下包，放下手机
脱掉外衣，脱掉面具
看到一个沉重的肉身走出去

殿门敞开，仿佛可以随时进来随意离开
仿佛

一样死，百样生。有人管束无人过问
空旷的大殿，诵经声填不满

我没有足够的时间听完晚课
也赶不上方丈室的禅茶了
活得如此尴尬
一边是佛，一边是未来佛
而我是多余的人

已习惯了孤寂
习惯了这世上最爱的人断了音讯

安福寺的桃花开得那么好
无关道德，只因美

都不会等你
茶已凉了，杯子还空着

2016年11月　文成

望湖楼

雷雨来时，我正在望湖楼上喝茶
被打乱的垂柳
被打乱的船
千年来一首诗的代名

杯中，西湖龙井缓缓下沉
叶芽舒展，
小宁静

而吹倒又立起的荷叶
映照出中年内心
那些行色匆匆的人

我继续喝茶
只待雨后，去看湖面更为开阔

2017年7月　杭州

湖
畔

断桥与寺院，都适宜隔水而望
想起年少时在寺院丢的伞
想起年轻时与恋人走过的桥

我们曾经投入过，又抽身而出的
年复一年，有莲花从淤泥中挣脱而出

雷峰塔，灵隐寺
一个西湖，
浪漫与残酷，我们都经历了

但莲花下成双的野鸭子，依旧令人羡慕
顶伞过桥的人，依旧想着
遇到另一个自己

不远处，寺院的晚钟，又隐隐传来

2016年11月　杭州

放鹤亭

我曾画过一把折扇：书生舞鹤
推开的木窗，举起的双翅

像一个放鹤人
我一次次打开折扇，打开她的翅膀
又一次次合上
（母亲正费力地撑开雨篷）

后来，我给折扇配扇套
精致地捆扎起来
再后来，我又配了红木匣子
（台风吹乱母亲的小铺，她湿着头发
追一把刮跑的伞）

很久之后，我到放鹤亭
想到梅妻鹤子
人生的双重禁锢，无非是被俗世所困

或被内心所囚

千年来，生活不断收去我们的翅膀

却从未收服一只真正的野鹤

（母亲六十五了，还不肯认命

我活到不惑之年，尚缺一次顿悟）

2017年7月　慈溪

上林湖

很多人赞美过她。上林湖，
水涨时映着青山，水退时露出瓷滩
她们埋在泥中的样子
与千年前并无二致
秋水那么清，类玉似冰
把秘色给她，把水深火热给她
把裂缝给她
我在湖滩上寻找，那些埋在泥中的瓷片
多么像自己——碎着，
还试图保留质地
精致的花纹，像刻骨的爱情
一面是美，一面是锋利

2017年10月　慈溪

拓墓志

许多年了，比起完美，我更相信残缺
我在一块墓志铭上读到逝者曾经的荣光和斯文
棺木全无，被盗的风雅被匠人们一再复制
文保所的守门人，守着一堆残碑，养了一大群鸡鸭
园子里的植物盖过石人石马
一个成熟的人，早已掌握修复苦难的技术，
她拓着残碑的边缘，并对残缺保持敬重
我种下的那些秧苗和豆子，早已长成庄稼
那些并置的生活，在春风里欣欣向荣
我拓完那块墓志，微微鞠了一躬

2016年8月　慈城

拓碑记

刘氏宗祠碑记与钱氏宗祠碑记都已模糊
像冲床背后工人的脸
切割声中，我拓碑的节奏略有点慢。
一下一下像是敲着谁的骨头

我即将读出那个年份，捐资者
五金厂老板不姓刘不姓钱，也不关心这两块碑
时间与杂物正腐蚀石头表面

我揭下宣纸。工人们围观一会儿，又各自散去
碑前，那些铁块、钉子、钳子、扳手又很快堆满了

2016年8月　慈城
2016年12月再改

过桥头而遇春风

有不可抗拒的分割，比如河流
比如车道。一个小镇，南有山水
北有高楼、厂区
过桥时，我又一次分神
车流滚滚从天桥下穿梭而过

必有这样一座桥
高于河流，也高于浊流

过桥时，你要停顿一下，侧身
让河流先行，去往越来越窄的莫名之地
而过天桥时，你要记得俯瞰
"仿佛是为了抗衡一种快
你对时光有了居高临下的姿态"
直到我看到另一个自己
从天桥下驰过，匆忙、黯淡
被红尘带往低处

2014年7月　慈溪

老宅深处

浴火之后你有了新的伤痕
但掩饰着

在九十九间走马楼
你要奋力推开朝外的窗子
春光柔软，照亮你满是灰烬的脸

房屋深处，有老人生火做饭
缓慢，慈祥，面容模糊
我经过，攀谈，记录那些细节：乳白的炊烟
土灶、白炽灯、新劈开的木柴

他们聚在屋檐下目送我的情景
像多年前我与外祖母的挥手道别
而春风正宽慰庭院深处的花朵

2014年7月　慈溪

十里桃源

过掌起

浮云落花散尽，无烟无酒锄田。

今生你将看遍桃花，
看遍桃花的深意

你不相信一个穿过尘世的人
还能保持完整。但你相信桃花年年重开

看不看桃花，都无损于春天的短暂
她们开得有多热烈，人世就有多荒凉

你的肉身交给衣冠，剑和酒瓶交给诗
请将那粒桃核葬于我的旧伤处
逝去的美和甘甜

我说：去年桃花
你说：春风故人

2016年2月　慈溪

南尖岩

南尖岩的手段
无非是你常用一种

把九级瀑举得那么高，那么陡
又狠狠摔下来

比如杜丽娘，让她游园、惊梦
一病不起
比如我
我爱，故我是玉茗花、窄道、瀑布

但我不死
我把内心的瀑布摔给你看
摔出骨子里的白
给你看

客串的叶导说：南尖岩的水分道扬镳

一半去瓯江，一半去钱塘

果然如我

2016年4月　遂昌

游园不值

那些云雨，那些牡丹
越过高墙和门缝
庭院中，牡丹对春天的厌倦
接近深紫

门外小巷，正缺一次无果的遇见
墙缝中，青苔有崭新的情色

丙申三月，四百年后
仍需更深的紧闭和拒绝

雨夜，汤显祖纪念馆大门关着
斜对面的酒吧正播放摇滚

2016年4月　遂昌

致汤显祖兼寄

淡紫的，绛红的，都在抒情
你让她梦，让她醒
让她对镜自怜

你让她死，把她埋葬
这反复歌颂的人间，有不化的坚硬和脏

你让她复活，把棺木打开
这被反复唾弃的人间，有檀香木、惊堂木

白牡丹的白，
溢出在自身的狭隘之外

2016年4月　遂昌

班春劝农者说

剥虾的手
洗锅的手
挖金矿的手
擂鼓的手
绣花的手
解衣扣的手
开棺的手
摊春饼的手
缓缓展开画卷的手

汤县长，把一根柔软的鞭子递过来
春雨，像巨大的水袖甩过来
去石练镇的路上，开满了淡紫的花
一头牛跟着披蓑衣的农夫
缓缓走过

我致敬一双写剧本的手
也致敬一双鞭牛的手

2016年4月　遂昌

牡丹祭

这戛然而止的深紫、嫣红
较之白色
她的哀伤更深了一点

碾压她，我用体内未褪尽的冬天
不合脚的鞋和废弃的绳索、
雄辩的舌头；
我迟到的觉悟
纷纷涌来

空洞，我需要无数个空洞
让春风穿过；
冷眼旁观的老妇人
坐着轮椅的老妇人
本能地抗拒落花

汤公园里的白牡丹
干净得像个谎言
她开得那么白，
让朗诵祭文的语调慢下来
让灵魂暗下来

2016年4月　遂昌

蔡相庙听曲

花事已了，油菜花由黄转青
她的铺张一点点收敛

蔡相庙里，另一个女人
正在虚构她的爱情
珠宝、美人和酒，一个也不能少
劫富济贫，二十四个兄弟，
一个也不能少

九云锣，一下一下敲响游园前奏
她细细的嗓音，几经起伏
面对忽然而至的旁观者，
石坑口村略显单薄

文武十番，同一个故事要反复十遍
像十个诗人
写十首不同的诗

十个杜丽娘在不同的侧面解体、重塑
多么奢侈，昆曲十番沦为
自拍的背景

粗糙的戏服，粗糙的妆容
啊，粗糙正暴露真容
鼓板，梅管，双清，三弦，笛，笙，提琴
情到深处，我体内的乐器乱成一团
都已经惊梦了
那光头诗人还在隔壁打电话
隔壁，塑着一尊观音
在乡下，
传奇、戏曲与信仰混为一体

2016年4月　遂昌

诗中的瀑布
我如何勒住

手生了。用将近一年的时光去忘却。
我不愿这是一门技术活

相濡以沫，不如相忘于江湖
她仅是昙花。

把叙事的结构拆解开
我还没有学会抒情

百山祖，百瀑沟。每一个转折都是瀑布
句子与句子间的转折也是瀑布

节制，像某一年被冻住的飞瀑
或山下自然博物馆中凝固的飞翔

她堕落得多么快啊，根本来不及解释
我如何用一句诗勒住瀑布

——但她至今仍是观瀑的人。

2015年6月　庆元

过月山村

溪水很急，从白云桥下跌落
听泉的旅人，问不出它来自何处

池子很浅，几尾鲤鱼在游。
它们并不知道远方

我拜过廊桥上的送子观音
又在桥下放生鱼苗

那炷香，爱燃多久就多久吧，
也许一半就灭了
我等了很久的那个人还没有赴约

重修之后的小寺，依然略显荒芜
寺后的篱笆墙，仙人掌正开出鹅黄的花
耕种的老妇人她深色的背更弯了一点

愿那被辜负的，接受被辜负的美和凶残
我已经成为执着的一部分，
却正被新的事物更替

2015年6月　庆元

过云泉寺

我喜欢它略带荒凉，喜欢它
荒凉之中的美

一个没有住持的小寺，窄门开着
门口有劈开的木柴

观音堂前新开的蔷薇和古樟，
保持着各自的镇静与美

——停顿，是一次顿悟
小寺很小，听见回声
钟声，折回来，寻找它发出的原点
"每一个词都渴望返回它出发的地方，
哪怕是作为一个回声" （注：布罗茨基语）
我的虎口微微震动，
心中的尘埃纷纷落下来

2015年6月　庆元

三江源

甚至不需要阳光。乍晴还雨的日子
去寻访南阳溪的源头

水仙草，地龙，江南杞木
平凡的事物都发出自性的光芒

那茎未被触摸过的草叶
尚未沾染不洁之物

十三个草甸子，九个未醒
三个遗落在仙境
还有一个沉浸于自身的丰盈
湖中的野莼菜，应该有更好听的名字

安静的矮松林，
唯有风能让它们苏醒
唯有它们内心的想法，能让它们激动

令人尊敬的是，黄皮湿地的短叶松
不像书生，不像寒士，每一株都像树本身

晨光如此美好
我一定被深深爱着，却并不知情

2015年6月　庆元

黄皮湿地即景

在我之前，有偶蹄类动物深陷于泥泞的
脚印，但它们已不知去向

光线透过丛林，
新鲜的落叶交叠于陈腐之上

雨后，空山传来鸟鸣
或是泉声。我本是困于沼泽的人
却忽然浮于其上

静，是一种力量，正被慢慢放大
废弃的祈雨台，被松荫覆盖

因自在而获得的尊严
不同于因思考而获得的尊严
成排的江南杞木中
必有一株独立于外

我停住脚步
愿我身后的世界与我一样
止步于美

2015年6月　庆元

车过竹口

车过竹口，
应该有一片碎瓷戳破轮胎

粉青，梅子青，唐宋元明清
十八窑，暴露时间的堆积断面

从身体的废墟出发
回到曾经的慢与完整

黄坛，上垟，新窑，岩后，竹上
碗，罐、钵，盘，碟，盏

碎，是一种杰出的抒情
你已难以还原成泥

多么像那些读过书的女人
这满地碎片，保持着质地与光彩

潘里垄的黑釉盏，黑漆光亮，
金黄的毫纹多么像她们不肯死心的眼神

我从庆元赶往丽水，车过竹口
聊着无关痛痒的话题
竹口溪哗哗地往瓯江相反的方向而去

2015年6月　庆元

过西川村

迟暮的美人，她的美是遥远的。
一个陌生的闯入者，强悍的摩托汽笛
像雄性的挑逗

丝瓜花开满黄土墙头，一朵开时
必有一朵在凋零

村支书家的门已二十年没打开
墙塌了半壁，但锁还在。山顶上的废墟还在

一个只剩下老人的村子
无法从内部变得年轻。
西川村，如果时间想让她荒废就荒废吧
老祖母带着越南媳妇生下的孙女儿
正躲在门后张望

说起张家祠堂前废弃的棺木，两头描绘着
精致的图案。那么美，却没人拍照
时间正静静地把木头斫成棺木
恰好你经过，看到，并停顿一下

诗与非诗之间，雨突如其来——

2015年6月　庆元

过扁鹊庙

对于一个悬壶济世之人
我心存敬意

问诊，一百支药签与古代处方
死是宿命
给人们带来活路的人，人们愿意对他下跪

那些轻慢了生的，忘了自省
那些恭敬死的，又把自己放得过低
——当然还有少数人
他抽到过一支空签。你完全理解自己的病
需要解构躯体赎回人的尊严
你忘了，没有一个灵魂经得起不断诘问

我尊重已死的人，
更敬佩死了心还活着的人。
求寿，一百；过关，一百五；

卑微的香火钱
像是为卑微的自己买命
多少得了绝症的人，痛不欲生
却还在求药延续痛不欲生的生命

2015年6月　庆元

过百山祖

自然博物馆

自然博物馆门口的花圃
像一个冷静的讽喻：死亡之路如花似锦

眼镜王蛇。在冬眠中它遭遇厄运
它被打折的骨头。很少有人像它这样
死后还保持着威慑，悲剧获得升华

山雀、鹰、云豹与狼……栩栩如生
三江之源，死亡与永生同时获得了加冕

它们曾经活过。
它们死了，却又活着，
替所有死去的或濒临灭绝的物种活着

我在百山祖写下的诗，像情诗，又像挽词
而博物馆背后的群山正焕发出勃勃生机

2015年6月　庆元

三江口 一场火灾

此时我是抱薪救火的人
流水无用，无法掌控燃烧

火苗重新抚摸门窗，以及黑暗。越来越高
一个半世纪，它沉默，优雅，静对浮华
而时间的河道，流经过屈辱

三江口，与人世
构成广阔的钝角，它用一场火
表明从不肯融入的内心
——消失如此短暂，灼亮，轻率

我曾在教堂门口等他，而他站在桥下
双手插在裤袋，微笑。他的姿态维持多年

他是我难以描述的教堂
我是他漫不经心的流水

甲午夏日，百年教堂大钟停摆在凌晨一时
像是替某些人推翻信仰、记忆、纠结与幸福
它从内部开始彻底的摧毁
而我在火苗中，认出自己

而废墟，总是具有古典气质
而灰烬，更接近于真实
而流水，依然平静地从桥下经过
而那个死灰复燃的人，在等待自欺欺人的重建

2014年8月　宁波

奉化江畔

晚课过后，山寺一下子静下来。
暮色中关上佛堂，轻掩侧门

清风不来，经幡也动
清风不来，桃花也要开

清晨先敲钟，以鼓相应
日暮先击鼓，以钟声相应

钟声传到山下，震落新开的桃花
岩头古村的溪流又香了
僧人们都扫地去了
整个山寺，只剩下花在诵经

2016年2月　奉化

过奉化桃花时节

花溪客栈，燃灯古佛
我要把美好的词语并置在一起
我要给你留一扇门

取桃花做胭脂，其色如晨光
取桃花酿酒，其色如夕照

但我该如何向你描述以桃花研制的毒药？
七夕你写的诗歌，中间是省略号

他放下布袋，立地成佛
他说：大肚能容天下难容之事

这满坡的桃花又一次被宽恕、被爱
我耽搁在这尘世的客栈太久了，
我深深知道，自欺欺人是一种美德，
而我们已经辜负的春天，还将继续辜负

2016年2月　奉化

雪窦寺

岁月渐老，僧人的背影趋于模糊
夕光从窗格子落到烛心
垂挂下来的常明灯
长长的
——将缓慢耗尽你的青春

独坐山头，笑而不语
扫雪的信徒
和雨中落荒而去的人群

我们深爱的红尘，是他所厌弃的；
我们厌弃的红尘，他有不忍；

——那昼夜燃烧的，细微而永不止息的
将同时耗尽大殿里的僧人
和寺门外追逐的小情侣

2016年2月　奉化

轻

嗅

与菩提应隔山相望
仰视

与花开应保持亲近
轻嗅，或折取

钟声终将传到你的耳中
而秋已到深处
觉悟可以来得更迟一点
让我尝尽这人间百味

我喜欢这样：那个年轻僧人
背朝尘世，
却对一朵花转过身来

2017年10月　奉化

林逋小像

等梅消息，纵鹤放飞
他所抵御的小幸福、小温暖、小庸俗

我爱墓中的一方端砚
与一支玉簪
但我不爱这个男人

他虚构一座浊世中的庙宇
他爱美和孤寂
他爱干净

"那些触摸不到的，轻盈的
是美的……"

一个终身不仕不娶的人
种梅，养鹤；他属于自己

而我，还比他多爱着
美到凄凉的低处
和凄凉到美的污浊

2017年10月 奉化

台风过境

台风过境，奉化江
露出原形

像这波涛，怒着
像这风，横冲直撞

那些低处的，顺从的。
一个女人披头散发

女人跑着，躲着，又慢下来
又止住哭

她披头散发走在风雨中。
冷静的样子
像是迎上去

有什么哐当掉下来
不远处，奉化江直起身子

2017年10月　奉化

春风吹动花枝

雪化之后，泉水的声音响了一点
远隔着半生时光，
我喊你的声音是否更热烈一点

南山寺，一口古井，六七位出家人
寺前的碧桃又一年夭夭
光头的小沙弥走过，又折回

春风吹动花枝，春风推开殿门，
须弥座上的几尊菩萨正微微俯下身子

人间四月，灼灼其华
我已经越来越明白，花开是慈悲
对美的占有也无罪

2016年2月　奉化

救
赎

放生池中的鱼儿追逐着落花
大殿里的各种法器都归于沉寂

六角密檐式的瑞峰塔，我把自己刻在腰檐
是桃花，是无字的经幢，年复一年说着色即是空

"为什么活着每天都想痛哭一场？"
前不久我们还在讨论失去痛感的麻风病人

我永远不会这样：左手折花，右手杀生
然后讨论哪只手更慈悲一点

即便此心凉透万念成灰
目睹美的诞生，我还是会突然哽咽

2016年2月　奉化

平静是最大的汹涌

植入广袤的土地，一条江的母性与润泽，
植入你，一条江的汹涌与暗流

总有猝不及防的波涛冲击着堤坝
碰撞、粉碎，无法落到实处
你知道的，并非所有结果都是悲剧

你所经历的曲折、暗流，
每一条支流的汇聚与分裂
以及不该有的决堤，都是灵与肉的考验

积累你的澎湃，它来得那么汹涌
多少潮与潮的狭路相逢，多少波涛与岸的抵抗
多少年，你才明白
平静，是最大的汹涌和归宿

2014年4月草　开化
2014年5月改　海宁

沉默的河流

"浊流并非浊流，而是中年的肉身……"
"迟到的相逢已是面目全非"
这是两个诗人在衢江的早晨说出的
今日，他们将分道扬镳，
见证清澈与浑浊的前身

他的苦与无奈渐渐暴露出来
黯淡的铜山源
他难眠，翻检着体内的水库与支流
以及泥沙俱下的经历

而距铜山源水库仅一公里的杜泽镇上
人们已习惯用井取水，仿佛他们
都是沉默的深井，忘了流淌
只有七十多岁的老人，偶尔想起
并试图用方言描述那种甜

2014年4月　衢江杜泽老镇
2017年6月再改

她是我的母亲

她顺从地躺下，往低处
她顺从地收起棱角，按河道的意思
改变自身的形状。
暴雨未来之前，谁也看不出潜伏的波涛
和暗处的漩涡

你有成熟的种子，而我已没有
生机勃勃的土地
水土流失，她的体内，越来越狭窄
却还供奉着宽阔

像钱江的一条无名的支流，也会挟带着泥沙、
泡沫、碎冰，以及垃圾
在下一次暴雨之前韬光养晦
一条令人争议的河流
已没什么值得荣耀，但她依然愿意
以仅剩的温柔，滋润更低处的人

2014年4月改　开化

杜泽老镇的不速之客

他把火烧旺
他把铁器一一陈列

开山的，凿石的
割麦的，除草的
一把铁器似乎总与动词有关
紧跟而来的是破开、真相与疼痛

铁匠铺对面是箍桶铺
被一根铁圈或者铜圈箍住的桶
没有裂缝。它们很新
木匠的双脚埋在一堆木屑里

也许天生就是可疑之人，铁匠铺的狗
兀自在身后叫个不停

要怎样保持警惕，才不困于自身的矛盾
庸常的黄昏，正无可挽回地
介入一个孤军作战的人

2014年4月　衢江杜泽镇

美的被毁
辗转于一场

有时她是突然而至的忏悔——

爱女人一样爱乌溪江，爱她的
清澈与湿润
爱母亲一样爱铜山湖，
爱她的苦难、衰老与含辛茹苦

在杜泽镇，一个老人抱着一个孩子
他们望着我，两双眼睛望着我
他眼中的透明是钱江的一部分
他的浑浊也是

给不幸以更多实笔，一个有良知的人
无法不描述黑暗。我被唤醒的那一截
有时，黯淡比光亮更耀眼
用蹚过浑水的脚走近她，安慰她

并向她致敬

——多少人和她一样

心还在上游，身体却不断往下

2014年4月　衢江

如梦令 兰溪晨起逢雨

因为不死的心，春风又绿江南
提及兰花。落了。
提及溪，柳絮在风中乱飞
提及山上山下，那个人闭门不开
还有追逐的鸟，相对的山，守望的双洲
我能想到的最好的方法
不是遗忘

一座山会爱上一条清溪
欲望很窄、跌宕，而爱越来越宽阔。
你还得忍受后来的受难
夜宿兰溪，我梦见自己成了受孕的女人
怀上一条落满花的江

——现实是，我被农妇的洗刷声吵醒
又在一场更大的雨中落荒而逃

2014年4月　兰溪灵羊岛

如何超越自身
一株泡桐的美

登上老城楼，东望是保存完好的古民居
白墙，黑瓦，雨水潸潸而下
当我开始一段冥想，她恰好就在那里
淡紫的花枝，一半欲遮低处的屋顶
一半掩映高墙，她的美让人惊呼

我见过同样的树，一株在防洪洞边
孤独地开，而更多的泡桐树
在公路边沦落风尘
"我适应了你的愤世嫉俗，但
这符合俗世的规则，位置比本身重要。"
"不，我更愿意当作灵感的启示，
从寻常中抽出陌生……"

但你还没有找到合适的高度
也没有遇到合适的人

春天已急着离开，她的美，
还没有一个合适的词语来突破

2014年4月　兰溪告天台

在荷花山遗址

是谁留下的器物，代替他复活
荷花山上，春阳柔软，人群显得渺小
古人举着刀锋，迎向我
一把三角形的石刀，保持几千年前的锋芒
它所切割的事物已经消亡。我猜测
它的主人是个决绝的女人。
后来我找到一根磨棒，一手长，两指宽，
两头圆润，样子如同擀面杖
诗人马叙说："有人类打磨的痕迹，
很完整，可以敲打、研磨，
对付更坚硬的东西……"话语充满暗喻
我握着它，手心发烫，仿佛等着
某种古老的回应
因为矜持，我没有说它更像
一段文明不朽的男根

不远处，一列火车正从荷花山北面疾驰而过

2014年4月　龙游荷花山

她的美 具有古典主义

又一次与自己不宣而战。
白亮亮的肉身与微暗的墓碑，同时住着你

一个路痴，不知怎样描述
遗址的位置与她的关系
浙赣铁路与衢江构成的锐角，荷花山
供奉着时间与历史之流的土地

而文明的殿堂，必铺垫在层层的死亡之上
请次第拿去
石刀、石斧、红衣陶……汉代的墓碑
死亡像一个善于绝交的人

落日下沉，铁路切开一座山的腹部
逝去的风物和年华
连灰尘也不擦

墓碑为什么断裂?
这三分之一为什么失了字迹?

一个给自己寄墓碑的女人,
一个虚度了半生的女人
一个不读经书的女人
尚不配谈论死亡

一块墓碑, 那么平静,
它的美具有古典主义

2014年4月　龙游

孔

雀

午后。衢江静流。安谧。小慵懒
一群读书人在孔府家庙喝茶、吃灯草酥
他们提及少女从十八楼跃下
年轻的副主编自缢
以及慈母用农药毒死两个脑瘫儿子
瓜子壳。略带裂缝的杯盖
最危险莫过如此：轻描淡写，百无聊赖
门外，一只孔雀骄傲地踱步，
华丽的绿羽遮蔽了暗哑的灰翎，金属的光芒
微微晃眼。女诗人正拿着手机与之合影

"认识你自己，谁也不是万物的尺度"
"生不如死的事时有发生，却只是旁人的话题"
我想起联合国官方微博发过的某张图片：
一座大房子里，人类正紧张地
商讨停战协议，炮火、流弹、暴力
一下子把死亡拉近。但十米之隔的草地上

春风有点催情——
几只孔雀"哗啦"一下
向着雌性打开斑斓的尾羽

2014年4月　衢江孔府家庙

铁匠铺再一次说起

而那个打铁的人，背朝人群
往炉膛添加更多的煤块

燃烧是煤的，寒光是铁器的
门口摊开的锄头、镰刀、耙，铲子、刀
等着未知的主人前来抚恤和认领

众人拥上去，他却往后躲了躲
一个打铁的人，木讷、迟钝，仿佛用尽了
体内的火焰。他打造铁器，却没有锤炼出
自己的锋芒（也许曾经有过）
他卖铁，却不与人群为伍（密密的阳光下
看不到隐藏的兽）
独少一把斧头
腰间没有赘肉，屋后没有大树
就是这样一个陈旧的人，一门陈旧的手艺
他必定厌倦了这样的捶打，但已经认命

熄灭灶洞的火，
才能像那完成使命的工具把身体放平。
（我曾在街上遇到一个老妇，她反复捶打自己的
胸脯，嚎啕大哭，声嘶力竭
向着莫名之物缴械投降，她的悔……）

但他打造的铁器是新的，锋利的
溅起的火星落在手背
那天晚上，我和诗人高鹏程同时写到了铁匠铺
他用打铁类比写诗，写汉语的光芒和自省
而我比他更为悲观——我们不是握有锤子的人
火候也不由我们掌控。我在铁匠铺前有过三次止步
命运并不因此而破开裂缝

仿佛是心有不甘，我老听到
淬火时"嗤"的一声
我脸上有千锤百炼的神情，而一个铁匠
只剩下灰烬。他的灰烬是另一把刀，
却没有刺痛这个小镇的黄昏

2014年5月定稿

船到江心或人到中年

船到江心的时候，我想到了漏
想到了沉没

一条江，一艘船。前不着村后不着店
明白了自身的无依无靠，
才更珍惜共同抵达彼岸的人

我们在船上大声说话、喝茶、
嗑瓜子，掩盖江风带来的孤独

这一路奔腾，所为何来
那个从水里钻出头的人，要拉他一把吗？
伫立在船首的人，风在推他

"我的意中人是个盖世英雄，
有一天他会骑着七彩云朵来娶我"

想到这里，我和玉珍一起想笑，又忽然想哭

此刻我正船过江心
我把手中的石头松开

2014年5月　桐庐

过严子陵钓台

问隐之人，终于赢得了孤独
春夏相交时节，山上山下皆是新的更替。

高处是青山，低处是江河
富春江往更低处流去，平缓，沉默
流经宽于自身的土地
（但还有宁鸣而死不默而生的人
树上的蝉突然叫了起来）

一个名字成就一片碑林
但我更景仰山下流淌的这条江
问隐是自身圆满，而泽被众生
则是一条江的无上功德

"有时，低是比高更高的境界……"
令我羞愧的是，
我能向一条江交出的，唯有晃动的倒影

2014年5月　桐庐
2015年6月再改

一条江加深我对宽阔的理解

一滴水融入大江，就开始变得平静。
就像我在人群中，变得沉默

一个不会凫水的人，如何从善如流？
昨夜我梦见自己在人世之舟中沉浮

一条江的界限是难以廓清的
有时她狭窄，有时她宽阔

而水，尚有不死的奔腾的心
它把小舟推向浪尖
即使我们一再谈到火焰，也不能改变
此刻的随波逐流。
不，你不能总是沉浸在自己的小悲伤中
纠结于细小的裂缝、碰撞和残缺
新安江与兰江相会，她因经历过拦截而沉稳

——把卡紧的九座石闸打开，你会看到
江水如何瞬间穿过窄门获得新的宽阔

2014年5月　桐庐

小令·过钱塘江

众江入海。终将入海
两岸平行，你我多半是沿江疾走的人
内心的江堤爬满青苔
在义桥，又一次见证三江汇聚
潮涨潮落，你经历多少次前后夹击，潮水顶托
一定有什么在彼岸引颈回望
想到引渡，你就复活
开车过钱塘，江水滚滚从脚下而过
此时，你一分为二
穿越一条江是几分钟的事情
横亘，却是一生的宿命

2014年5月改　萧山

与大江书

对一条江的描述，总是意犹未尽
有时候爱，有时候爱恨交加

成江于积累，成湖于拦截
成瀑于落差，成海于坚持、接纳与敞开
清，浊，她不拒绝，不辩解，慢慢强大

——她用一辈子向下的流淌，
成全万物对美与光的渴望

因为放松，它成为风；因为流动，
成为舟；因为付出，成为流域内的万物。
——上善若水，她曾经历蜕变，
穿过绷紧的高压电线
水草和水族都懂得隐忍之美。你如何
还不肯放弃固体的形状，
完成苦难与人生的水乳交融

我是这样一个懦弱的人啊，
既渴望流动与辽阔，又渴望靠岸
而大江东去，并不为我所动

2014年5月　海宁

与大
江书

YU DA
JIANG
SHU

2
Chapter

青鸾舞镜

月夜鸟鸣

晴夜，月白
连续多日，我被鸟鸣唤醒
短促的一声，
清亮，像是试探
后来是两声，三声

语言之外，它们有自身的新鲜
唤醒我卡在嗓子里的声音

我从未发出这么美的清音
仿佛无边月色中划过一道细弧

凌晨一点的月色与鸟鸣，
一个叫作空，
一个叫不死的心

2017年7月

桃花潭畔的几种事物

那些老房子，老建筑
从别处移到桃花潭畔，异地重建
我爱它们旧的构造和新的命名

那些石人石马，从别处
移到桃花潭畔，在我们住的别墅后面
从前它们守护墓道，现在听江水的流逝之声

我爱它们安详的神情，时间在江水上跑过
在它们的身上静下来

晚上，我经过它们，
早上醒来，我再次经过它们
仿佛我们一直徘徊在生死之间

江畔有芦苇，有牵牛

我爱芦苇静立，爱牵牛花略带粉紫
采一朵牵牛时，想起前朝罗聘的妻子
曾用这颜色为丈夫的梅花增色

2016年6月

青鸾舞镜

我曾拓过一枚汉镜，浮雕与铭字
已残缺

——那只青鸾去了哪里？

愈来愈偏爱这些无用之物，聊以打发时光
打发平滑的镜面般的生活

——是谁的镜像？

镜中妇人面容模糊
但孤独
那么清晰

穿白衬衣的女孩在自拍
她尚未意识到
青春是一种资本
也未曾听过青鸾舞镜

2017年5月

玩物志

继菖蒲之后，一盆多肉成为新宠
又爱上太湖石，在石间种苔藓、种虎耳草
还能爱些什么呢？
小县城，九楼之上
案头，公文一摞一摞
养的睡莲长了虫子，又养两条鱼
一条有突围的勇气，跳出花盆风干在地
一条如我苟活至今。水越来越脏，
想到自身境遇，善念一动
还它自由如对自己高抬贵手
新闻里一个村子被毁，或一座寺院被占
另一个地方有了战争
河道里布满暗网，放生时天上有云，
形似刍狗
还能爱些什么呢？
不如养花，不如玩物
不如放生去

2017年6月

抱花的僧人

六月的跳舞兰像一群少女
明媚，窈窕
有僧人经过，止步

而更深的缘分在于河滩里一只瓦罐
埋了千年
被年轻的僧人挖出
他洗净了它，并用来插花
他抱着一盆花像抱着心爱的女人

她靠着他的肩
那么无邪

2017年6月

清迈的春天

清迈的春天，在落满护城河的花朵中
清迈的春天，在飙车声中
清迈的春天，在年轻人的纵歌中

清迈的春天，在帕辛寺
老僧的枯坐里

奉花清供，投钱入壶，
他们驼着背，一动不动
辨不清蜡像或人

他们枯坐，枯坐
春天就在寂灭里

2017年4月

圆寂处

谒弘一法师

七十五年后。门虚掩
门口有泉州三院的搬迁公告
微热

晚清室，三间平房，玻璃碎片
荒芜处最常见的杂物间。
看不出，哪张是你临终闭目的床

悲欣交集
曾经的朱熹过化处，后来的弘一圆寂处
再后来的精神病院
"每次穿过住院部都听到格格的笑声"
"二楼铁窗后，有伸出的手"
这种描述，

现在是空的。舍利塔和精神病院
都迁走了
屋前，熟透的杨桃落了一地

2017年2月

夏日午后

夏日午后，琐事覆盖过来
从天目溪挖来的菖蒲，像水土不服的人

更厌倦
溪水喧嚣，或我加剧的咳嗽？

九楼之下，有飞鸟争食
隔壁敲击键盘的答答声
不绝于耳

想起下游那归隐之人
那沿江行走，赤脚，散发，垂钓之人
"三月三，我替石头找回沉默
野菖蒲的香，浓而清列……"

不如把药打翻
我和菖蒲，像一对相依为命的人

2017年4月

夜
读

仿佛绝望，更接近诗的本质

夜读，读到"云山苍苍，江水泱泱"
以子陵命名的鱼忽现眼前

待俎之鱼太多。我沉浸于泡沫之殇
要怜悯的人太多了。他们忽略自身的悲剧
往更低处挖掘干净的灵魂
门上新插的艾草已略带枯萎
浓香不散。香袋上有机织的花纹

夜读，
读到"世路几年滋艾草，道山今日聚梅花"
这些年我始终如此
夹在两者之间
绝望，但不敢崩溃

2017年7月

有一种安静

我想这样描述自己的经历：
我种下的秧苗多于我割过的稻
我种下的棉苗多于我穿过的衣袍
由此我坦然接受今天的际遇
我的手掌开裂，但指甲精致
我的指尖粗糙，但能准确摸到古琴徽位
琴声低沉，略悲，穿过坚硬的墙壁
醒太久了，半辈子烙印渐渐闭上嘴
像那些失踪已久的人一样，修复的钟表
不以曾经的苦难为荣，也不以为耻
乡下的草锄了又长，城里的建筑拆了又建
我在暖阳小筑画画、煮茶，用曾经劈柴的手拓扇骨
梅花又开一度，空气中
有一种安静压住各类喧嚣

2015年12月

地坛公园

穿红衣的孩子戴着口罩
听京戏的老爷子戴着口罩
错肩而过

我从西门走到东门
麻雀多，且肥，飞不远

方泽坛关着。那个人坐过的椅子
空着。轮椅的滚动声由近及远

一个男中音在背诵诗歌
他闪进小树林
仿佛读到灵魂，又羞于见人

很快，暮色淹没地坛

2016年12月
2017年11月再改

北京的风

北京城下，有地铁
有卖唱的女孩；
挤公交的人看手机，发呆
窗外的景物隔着玻璃
刹车灯红成一片

"我已逐渐爱上北京的暖气，
网购的花也如期而至……"
刚抒完情，风就给了她一巴掌。

她没告诉他：天桥上，地下通道
到处是收割异乡人的刀

女孩的歌声被割成一条条
摆摊老妪的手被割成一条条
她缩着脖子，北京的风
在身后举着刀子

2016年11月

过圆明园

天色暗下来那么快
人群散去那么快
遗忘

从西往东
我横穿圆明园遗址
残柱、断石

冷月，有点尖
高跟鞋的回声有点尖

一个人，越走越快
我小跑起来
什么都来不及想

2016年11月

过燕都遗址

几个墓坑，殉葬的幼童和狗
西周，燕都

盗墓者遗下的两件青铜器
堇鼎，伯矩鬲，酒具与礼器
还有奴隶

我不忍看那两具脚抵着脚的尸骨
那么小，一个只剩下头骨

"所见之景好似见过"
"敬畏，文化或生死……"

北郊的清晨，割下的草垛堆在一起
晨光金黄
又一个新的日子

2016年12月
2017年10月再改

过景山

驼背老槐树，吊死过一个皇帝
死时以发遮面
碑阳写着殉国

像是默哀
经过时，停了停

多少人，自以为英雄
不过是自身的亡国之君

2016年11月

望故宫

景山上，一个诗人与故宫对峙
另一个诗人以故宫为背景自拍

高墙，朱门。
一个穿绿风衣的女子走出来

习惯了这样：
不是马，是车，带走了她

习惯了这样：
面对永不敞开的宫阙深处
纵酒，不佩剑

寒鸦点点，
从不吟诗，偏像诗。

2016年11月

过卢沟桥

石狮，有残损；桥板，有不平
芦苇白头，不折腰

他们笑着，其中一个扮演侵略者；
她们笑着，拍照
沉重的历史，十分钟就跑过去了

古渡口，数十株古松静默
我不过是在桥那边读了一会儿碑
就起风了

2016年12月

等雪来

说好的大雪，变成薄冰；
说好的微醺，变成大醉；
她们整夜等着，仿佛纯洁还会再次降临。

女诗人打着草稿，打算明日
围上情人新送的红围巾

而天桥上卖冬鞋的女人，
她希望天再冷一点，
又希望冷风不要掀翻她的小摊

2016年12月

绿皮火车

他的骨头有点老了
一路上咔咔作响

她的手臂发疼
无法解开内衣的暗扣

"你释放了全部囚徒"
"你让一个女人死去活来"

睡不踏实，尽是骨头与骨头的撞击
他几乎就要冲出轨道

窗外的夜色，
已布满曲终人散的苍茫

2016年4月

迷路有感赴柳叶湖

我还是喜欢她古典的部分
月略带一点黄晕，柳枝，星
以及若有若无的蝉鸣
我还是喜欢她隐秘的部分
郊外，曲折，可望而不可即

为此，我还将再次忆及
误入的农田、村庄，惊起的飞鸟
另一条去路和微微的恐惧

没有比夜色更古典的意象
柳叶湖，以迷路的方式暗示我
黑暗所掩盖的另一半，并非我们所能掌控

2016年7月

望月兼寄

明月昏黄
是他爱的颜色
柳叶湖、沾天湖……所有的湖
都有自身的荡漾

草地、沙滩、驰过的车子
冰镇汽水沿着杯壁缓缓滑下
现代的美，
正不断介入此刻

抽烟的女孩子
戏水的女孩子
隔壁玩杀人游戏的女孩子
她们拥有不同的侧面

我独自沿着柳叶湖畔行走
在现代与古典之间

看满月
如何把光和美好递给湖水
又如何把碎片留在人间

2016年7月

凌晨一点的月色

月光顺着水波铺过来，
船泊在岸边，明亮而飘忽不定

凌晨一点，并未发生什么
我们在湖边望月
听你说往事，那些爱过又消失的女人
听你说如何迷恋她们又如何厌倦

我的灵魂一直空着
凌晨一点的月色，本不属于人间

柳叶湖，其形似柳叶
遍植杨柳，宜抒情、偶遇、赠别

"我的灵魂一直空着。"
过于矜持的爱，是种折磨
而过于唐突的爱，是种羞辱

2016年7月

独步湖畔有感

镜花水月，
这是她一个人的事
柳叶湖的月亮
是她一个人的
湖面的碎片
也是她一个人的

要怎样的疼痛
才有这么巨大的铺陈
她摸摸胸口
没有发烫，也没有波涛

柳叶湖边盛开的野花，热烈、拥挤
像一群画浓妆的穷女孩

镜花水月，这是她一个人的事
像是对她的祝福
又像是讽喻

2016年7月

盐的前生是一小片海

在她布下的热情中，有盲目的勇气

她的悲哀在于：既不是死水，
不起波澜；又不是海

盐的前生是一小片海
它荡漾过——

她的余生，凭借一粒盐的苦而
暗藏汹涌

孤独，盛宴。翻检体内的结晶。

2014年11月再改

雪后

雪后，馆中有民国的味道
我像一个往回走的人

竹子、芭蕉、梅，分担着
各自的寒冷。双膝微疼，十指冰凉
我分不清自己藏在哪里更多一些

一枝竹挡住了我的去路
它被雪压弯的腰，以及摊开的手掌

木门在身后合上，它刻意拉长的声音不是
为了强调疼痛。被一堵墙分成两半的
始终卡在入世与出世之间

2014年2月

静夜思

窗前是明月
门外是流水
这些勾人的东西

推窗邀明月
月光是口字型的

闭门送流水
水声是门字形的

这夜有些漫长，
我一边看手机里你发来的消息
一边耐心等待窗棂和门框慢慢消解

多想此刻，有个人陪我一起望月
但我不说

那些永恒的美

如我一般，需要禁锢

需要在禁锢中深深爱一遍

2016年5月

遭
遇

他轻易撕掉那张纸
撕开，团，扔到桌脚

她忍住那么多曲折
她变得白而柔软
仅仅止于一次失败的描述

她团着，墨迹未干
说起昨晚读到的故事：
乱针绣的女子守身如玉一辈子
而那男子娶了四房老婆

他的脸上看不出愧疚
她的表情也逆来顺受

2016年5月

赠
别

寄你的鞋子收到否？
寄你的乱针绣呢？
二十年的陈纸，已褪去火气

送别是个用旧的词语
桃花潭也是

你一定更喜欢青弋江
长江下游最大的支流，杂草丛生，物产鲜活
你一定欣喜于桃花潭并非潭的发现

往后我要给你寄流水
寄江心的漩涡和倒映的光
最后寄一把刀

2016年5月

蛙
鸣

像所有耽于安逸的
桃花潭畔的蛙鸣一声比一声响

歇息吧。他说十一点了。
她没有回复。

月亮很亮，很白。星星很多
这蛙声，怎这般聒噪

2016年5月

汪伦墓前

一个县官借一首诗立了碑
我们说笑，怀疑坟墓的真实性
讨论尸骨的去向

忽然想到自己的衣冠和灰烬
以及写过就忘的句子

诗人们笑骂那首破诗
却又一遍遍诵读着它

2016年5月

宣
纸

檀皮与草木灰，她们经历了反复的浸渍、蒸煮
日晒雨淋
她们变薄，变白，变得绵软
竹廉子捞出打散的筋骨
那么长的铺垫

我们拍摄柳叶马鞭草、老建筑
和赤膊的匠人
我们还摸了摸纸面
那张刚从烘墙上揭下的宣纸
有点烫

"你一定要明白，过分的顺从并非礼物"
"更可怕的是轻慢的爱……"

我每年都会囤一些宣纸

越久越好。藏到她的白不再单薄
不再是单纯的火气

2016年6月

过杜鹃湖

狼毒花已经开过了，她的艳丽
有一种美存在于想象之中

杜鹃湖边的丛林，有触目惊心的火灾遗迹
十七年前的那场雷击，并没有完全退去

"岁月收藏着灰烬"
"常常这样，美的背后曾是满目苍痍"

相比于落满向日葵的阳光，我更喜欢
穿过树林的光线，它倾斜着，抵达山荆子的心
相比于流水的抒情，我更喜欢
车过丛林时，模糊掉的白桦树的影子
相比于人人皆知的称呼
我更喜欢你的小名
达子香，你保留了朴素的诗意

2015年8月

琥
珀

有毒，但不足以致命
可入药，可泡酒，
封藏起来，又成为一种装饰

琥珀里的蝎子，
螯、弯曲分段且带有毒刺的尾巴
美所包含的狰狞

凝固的精微之处，仍有一种警醒
但它伤害不到我了。

两亿年，我已经历多少轮回
它一直在那里——生、死以及孤独
散发出淡淡的松树的脂香。

2015年8月

冒
险

喜欢花间照，长发正披挂下来
掩住大半边脸

路边竖着此处有蛇的警示牌
野花盛开
窈窕之深，风带来诱惑

——我尚未看到蛇的深喉
必有一种美把人引入歧途
倘使你因畏惧而没有亲近过那丛紫色的花
紫色会是你一生难以理解的词语

"一种有灵魂的花，但不知
把灵魂交给谁……"你看我
迈入花丛时的毫不犹豫，完全是个女人
为了爱，不顾危险……但紫色，
我并不打算带走它。

2015年8月

看花去

但花开是无罪的。
及膝，脚踝处，皆是粉紫的花
她们因将谢未谢而分外动人

柳兰，格桑，野葱花
叫得出名字的，叫不出名字的
我们认着漫山遍野的花儿
取着女孩儿的小名

春天刚到，即刻入秋。三个月无霜期
她们都有各自对待短暂的态度

因为她缺少一次无悔的绽放
而一直偏爱绣花的衣裳

2015年8月

黑
马

夕阳下的岔路口，
昨日，一匹小马哒哒跑过
白桦林半绿半黄，美如油画

晚霞大片地盖满山头
一条路正好递过来
它黑色的鬃毛闪闪发亮

车过岔路口，我隐隐盼着
再次逢到那匹黑马
黄昏如此静美，昨日的马蹄还那么清晰
今日的马蹄又哒哒跑过了

2015年8月

玫
瑰
峰

必有一场尽兴的独舞——云天是背景
大兴安岭在我的身后迤逦而去

玫瑰峰，晚霞像朝阳一样
又一次给万物以光芒

一定有什么难以安置，满山的野花
热烈到绝望

我，一个人在山顶迎风起舞，金色的披肩
接受夕光的加冕

天上的云霞有惊人之美
她们并没有爱过
却也如我一般，热烈到绝望

2015年8月

底
线

有个冒名顶替的女人，穿我的衣服，坐我的
椅子，睡我的床。她时而狐假虎威
时而患得患失，时而优柔寡断，仿佛她真的是
我的主人。灵魂的事，她很少过问
却没人瞧出破绽，
仿佛我从来就是没有灵魂的人
每天早晨
她把自己放进尘埃、车辙与面具
傍晚，像接回女儿一样
一点点找回自己。总有一些什么
随着年轮丢失，而发呆的时间
正在逐渐变长。邻家的腊梅开了
她经过时有一些迟疑，恍惚想起著花未的诗句
"折它不是伤它，是……爱它"夜已经
很深了，她脱下外衣，露出瘦削的锁骨
"我是穷山剩水，空怀春风十里……"

好在写诗的时候，我没有被顶替
想他的时候，也没有被顶替

2014年2月

放
生

有相同的命运、囚笼和鸣叫
我也常被质疑斋素的可疑，以及
自律与自虐之间的暗道
每次去寺院，都会有更大的羞愧
内心的半桶水七上八下
塔布仑寺和其他寺院一样
有莲花，有被囚禁的鸟
我们焚香、献花、放生
放飞一对雀鸟，约人民币十元，
廉价的自由
我仿佛那个犯下罪行的人，又仿佛
移花接木，成全了自我的救赎和宽慰
"是谁在人间设了这么多牢笼？"
被囚禁的肉身，它们鸣叫、扑腾
站在寺院门口，女儿说：它们逃得那么快
手一松，就没影了，
甚至没来得及祝福和警告

2015年3月

花
器

我们画瓷、画画、画眉，看泥土

怎样变硬、变白

石磨碾过瓷泥，混进土里的瓷石

要一一敲碎。老工匠的手敲着泥土的骨头

把我们的骨头敲得发软

用刀修

用彩墨装饰

用火烧

一窑瓷器在炉里时，我们喝茶、嗑瓜子

议论彼此的眉画得够不够长

我有隐隐的焦虑

我画的瓷器，

总有一些缺陷，让我总能

一眼认出自己

2015年10月

梅花粥

为什么要教她这些？梅花煮粥

芙蓉煲汤

一副不食烟火的样子，

不肯与尘埃中的命握手言和

不肯放下清瘦的骨架

仿佛只有这样，在渐渐煮软的粥上撒上几点梅花

才能表明至今不肯妥协的什么

还得是朱砂梅，最含蓄的那种，深红，暗香

才配得上清贫生活

连清贫一词，也升华为装饰

为什么又非要问她，

填饱肚子要紧还是好看要紧，或者一碗粥终究只是粥

又为什么非要有答案

2015年10月

除
夕

除夕值班，我在窗前读书
看阳光慢慢倾斜

门上新贴的对联
墙角新开的梅

几对恋人来看展览
静止的花鸟，走动的人

我看会儿书，看会儿楼下的人
看他们走进围墙，又走出
陌生人，与书中人，有相似结局

春节怎么安排？
有人在动车上发来短信。而我想起
昨夜写了一半的诗句

人世寂寥，各自漂浮
四十年，这样过去
风动，影子微微晃动

无非又一年，春暖花开
插枝梅花回家过年

2017年末

叫做空 你的对手

教你茶道，教你下棋，教你用瓦当笺习字。
教你更多缓慢的事情。
这么快，你就把我变成一个老女人。

关于棋谱，你要一眼分明
关于布局，你要浅尝辄止
拦截，突围，慢慢厮杀

"但所知限制了你的宽度。
你不断给自己画方格子"

知白守黑，进退有序
平庸化的叙述方式

你的气色不好。
她执白子的手指有所迟疑

她迟早会明白，白的对手
不是黑。我也早不为棋盘所困

2016年5月

台风中的宁静
她将保持

她打拓的香篆纹丝不动
她的睫毛不动

危房把倾颓栽赃给过境的台风
值夜班的人还没归来。

风雨闭户。她拉紧窗帘
一件忘记收取的衣服被风吹到高处——

风暴不及是一种宁静
风暴过后是另一种宁静
她小小的鼻息是格外的一种宁静

它不参与旋转，像云墙包围的独立的台风眼。
热带海洋上猛烈的大风暴，
它的中心，风很轻微。

旁观者，一个人的三个灵魂
他连过客都不是

台风过境。台风进入不了宁静的内心
也救赎不了一个诵经的人

2015年7月

观小女临张大千敦煌壁画

是我动了凡心，于是她出现了
我一下子爱上了手持菩提的飞天

印度运来的石青、石绿，缅甸的朱砂
塔尔寺画师自制的画布

把你从有限的空间召唤出来的
并非星光

一手执烛，一手执笔
蓬头垢面的人从不忘记沐浴焚香
而粉不能与石彩、银朱混合，
诸神的皮肤不能为黑

她画工笔，赤裸的脚趾踩着莲花
她的笔尖正勾画出眼睛，
她看到——

勾画出耳朵
她听到——
勾画出手指
她施予——
满壁彩绘，飞天、鲜花，彩塑佛像
我喜欢她们的神情：
头顶光环，却都俯首向下
当线条经过她的嘴唇，我能否听到
佛陀开口说话？

词意要紧跟着诗意，才能飘带般展开
你画的每一尊菩萨都像自己
而我是苦行僧
我亲眼看到一尊佛在你的笔下正欲起身
搀扶那个跌倒在尘埃里的人

2015年6月

小筑花开

小筑的睡莲开了。但她是红色的。

我愿她是白的，并且一直都是白的
但我早已相信
所有的安排都是最好的

你说：花草才是大命
她们天生是佛；
唯独某人，迟迟缺乏一次顿悟

请接受置换的命运。相对于一朵
明知自己是白的
依然开成红色的莲花，我是俗人。
你接过语言的使用权
假如我描述一朵花开
你将说出花未开。

一朵将开未开的莲花
正无限接近于觉悟

"汝未见此花时，此花与汝心同归于寂……" ①
"关于未涉之境，需要重新命名。
花是什么颜色，都无损于内心的清净。"

我们于苦热午后，有一搭无一搭地说着
花开见佛，或其他。
那时
三世佛正足踏祥云经过

2015年7月

注：①王阳明句。

无
题

刀如何断水？
我追问你，还有下半句

小筑，烛光半明，若你那天
拍下的背影

淬火、捶打、凿
要痛、要深、要火星四溅

刻上斋号之后，它的痛
更具有装饰味道。
比如你，我的男人
想你的时候，我把剑横在心上

我要一边看剑，一边读美好的诗句
或者给花浇水，用另一只手端起茶杯

有人用一生铸剑
有人却用一生掩盖锋芒

现在我想和你一起迟钝、生锈
一起温习古代那些关于英雄的传奇
我从未动用过体内的利器
也不再精心打扮自己
我老了，一下子原谅了这个世界
并因此获得安宁

但我从不曾忘记古国有个词语叫侠义
我不是一个带刀的女人，
却可以为你两肋插刀

2015年7月

静
默

后来喝酒的速度快过了斟酒
漏下的速度快过了倒满
一群四十岁的女人兴致勃勃地谈着□斑、除皱
声音亢奋，互相称呼亲爱的
低一阵又爆出笑声，不屑地看一眼
不远处那个女青年，她的年轻与故作姿态

酒又干掉一瓶，杯子那么空
像是什么没被接住
一桌子残杯冷炙，半辈子难言之隐
其中一个提及被鼾声打断的睡眠
以及淡下去的房事
窗外杏花旺盛，一只雀追着另一只飞过
女人们有一刹那的静默

2014年4月

中
年

是对春天的冒犯，以不同的方式
消耗着相同的时光
现在她要学会面对一种叫作"空"的东西
现在连惊蛰也没有雷电

写短篇小说的作者成了剧中人
中年之后，她藏起高跟鞋
藏起蹄声

他们藏起的那些怒吼都去了哪里？
三月天冰雹突如其来

我难以撇开成见。开花时觉得她淫荡
枯萎时害怕她离火焰又近一点

窗外，苔藓更绿了

2014年5月

害
怕

我从未如此紧握她的手
她从未如此紧跟我

带婆婆去上海复诊
穿过肿瘤医院拥挤的楼梯

穿过被病痛折磨的众生
二十年磨合

病房外春花已落
青果子像发育的小乳房
地上凋萎的那颗，有点扁

像婆婆刚失去的乳房
这个母亲节
我如此害怕失去一个母亲

2017年5月

义

乳

一只义乳从快递盒中掉出来
一只义乳让我惊叫

二十年前，她嫌我个子小
嫌我的胸衣垫着海绵

现在她称自己残疾人
偷偷网购假的乳房

红得像肉的硅胶
软得像肉的硅胶
让我害怕的义乳，
正安慰一个
患上绝症依然爱美的女人

2017年7月

假
发

头发是剪还是留，还是
等化疗之后让它自己脱掉？

那个戴假发独自就诊的妇人
她的坚强

门诊室外，两个同病相怜的女人
聊病情聊医生的高明
婆婆一直没提儿女也没有
提到假发
这个病着的女人，小心掩护着别人更大的伤疤

2017年5月

杀
放
生

母亲，为你
我用多年不杀生的手
杀死一只甲鱼
看它慢慢缩紧的四肢
用它的血来换取你的蛋白质
早上用花剪剪去鲈鱼的鳃
剁碎的骨头，切细的姜片
下午又买了活鱼放生
让它代替你病，代替你逃命
母亲，为你
我不知该杀生还是放生
突然造访的不速之客
让人乱了分寸
沙漏在变少，很快
我们围绕着一个男人而对峙的日子
正迅速递减

2017年5月

综合病房

一边是新生儿，一边是堕胎的人
一边是新生儿，一边是子宫切除的人
一边是新生儿，一边是乳腺癌复发的人

阳光沿着长廊铺过来，地砖
倒映出落日与云朵。她的影子飘浮其上
西窗明亮，恍若通往天堂
术后次日婆婆就要起床
她每天坚持做两件事：与病友交换经验
去隔壁听新生儿哭叫

2017年5月

病理报告

我不敢去取病理报告
不敢拿玻璃截片和蜡块
不敢问复查的结果
婆婆的那只乳房，被切成片
被药液浸泡，被反复放在显微镜下

我从未见过，肌肤下
被癌症浸润的形状
就像我从未看清
这世界的黑与潜在的危险

就像我从未看清幽微晦暗之处的
共生与僭越

窗外的梅雨越来越疾
轮回，看不清来处与去处
"起初是一滴，

后来是忘川"

我不敢去取病理报告
我迟迟
不敢面对生命的残酷与真相

2017年6月

夏
木

沉睡的仙鹤不飞，心愿未了
枇杷叶，枇杷膏，熬出的苦水

如何跟重病之人谈坟墓的事
如何让一句话抹去锋芒

春夏之交，枇杷微黄
靠麻醉剂止住的疼痛
止不住的空

"你可知此生不能常在，
何苦急急忙忙干些歹事？"

夏木阴阴，一个人快死了；
一个人快死了，夏天比春天更蓬勃

2017年6月

156

石
斛

母亲晒着的一捆石斛
开出花来
起初是淡绿，后来是浅紫
越开越猛

没有水，没有根
一朵接一朵开
剪下的枯枝也不肯错过春天

发芽是后来的事，然后又开始长气根
谁也看不出她曾经死过

母亲说：亲家婆的病一定会好起来
她说得那么笃定

2017年7月

方言

回老家帮母亲搬花草
月季、玉树、吊兰、铜钱草
全都搬到屋外过夜
母亲说它们需要背背露水

仿佛露水降临时
它们全都伏身向下
仿佛露水也是神的一部分

听母亲说——面朝黄土背朝天
母亲种地时，也像一株植物
母亲说方言时，又像一个土地神

2017年8月

夏风吹

病床旁有鲜花和水果
有发酵的味道

胸肌上的肉移植到腋下会有些麻木
引流管，正把积液导出体外

那被割除的，曾是女人最美的部分
但此刻她没有性别
她没有顾虑医生是男的
她的儿子也没有犹豫

我扶着她走出住院部
夏风吹来
不知名的小花落满车顶
"只要活着，"
"活着真好。"

2017年6月

术
后

空下来，屋子太安静

她一边看电视，一边看电脑
言情片与谍战片同时上映
哭声，女友的撒娇声，枪声，器皿摔裂声
以及她的喃喃自语

一屋子的声音帮她抵挡着
她害怕的东西

夕光灭了流火
这个一辈子波澜不惊的老妇人
在别人的爱与惊险中
活了一次又一次

她说，空下来，屋子太安静

2017年6月

芍
药

五月里最后一枝芍药
我惊讶于她的美
花瓣饱满，风姿亭亭
类女性之窈窕

母亲正忙于赶狗与满院鸡鸭
她随手插花入罐搁在洗衣板上。

"忙于生计的人，闭上了审美的眼睛"
"终究没有遇到对的人"

但我记得她年轻时也涂过雪花膏
与她的体香混在一起
她也曾在鬓角插花，那时她刚成为
两个孩子的母亲，花儿轻颤
如她饱胀的前胸

2017年5月

陪
床

看一个女人陪护突发脑梗的丈夫
看她的祈祷
看他切开的气管

看她唠叨往事与孩子的成绩
看她尝一口他的食物
捣烂的糊

看她越来越小心应对的尘世
看他迟迟不醒

看她半夜发出的彼岸花
她有巨痛，我也有

看她越写越庄严的诗
悲剧和爱进入叙事

2016年11月

往
生

百岁转世①，乘愿再来
外祖母离世二十一年

二十一年，我结婚、生子
拔下第一根白发
又拔下第二根

清明扫墓，跟女儿说旧事
细节恍若昨日
墓中人，死亡从未带走她

墓碑上的名字，每年都要漆一遍
新鲜的黑，强调了某种关联

百岁转世。过今年，可供凭吊更少一处
我的来处更单薄一些，
去处更清晰一点

墓前两株松柏，分外茂盛，
风过时，它们微微摆动
那风，穿过童年而来

2017年8月
2017年10月再改

注：①江南部分地区民俗言阴寿百岁过后转世往生。

鸡鸣寺的清晨

橘色，鸡鸣寺的院墙
比普通寺院略暖一点

清晨，塔角的铃铎
正领受初恋的光芒

几个比丘尼，从盛开的蔷薇丛边走过
缁衣宽大，掩不住
年轻的身体和微微的羞赧

她们回首的笑，就像
菩萨的笑
就像这世上仍有一种信仰未被命名

2015年6月

五磊寺茶叙

山寺月色接近于空。
一个年轻僧人不日将剃度

在五磊寺访弘一法师抄经处
我一直想问他爱与慈悲的问题

想起某年除夕，大雪封山，
信众们不约而同来清扫山道
殿门前的雪堆插满香烛
没有什么可以阻挡菩萨的归来

没有什么可以阻挡越来越深的倾斜
茶叙、吃素面，看好看的僧人

天王殿前的两株古松，已死去一株，
剩下的那株，有点孤独

2016年10月

金仙寺的春天

它绵延的寺墙两侧，分别居住着
人和死去的人
春来急，满树的夹竹桃花伸出寺墙

边上小镇人来人往，群山返青，
白湖拖着明亮的刀子
倒映着红
倒映着绿
湖心有鱼跳了一下

有人走过寺门，迟了迟脚步
"当然，佛门为众生而开"
低垂的花枝像菩萨的手指
（我爱，这娇艳，这毒）

僧人们在诵经。正对着大门的河埠头，
小饭馆的厨师们忙着宰鱼

2016年4月

寒山寺的三个片段

——而在寒山寺，那些触及灵魂的
再一次面目全非

众人排队撞钟，十元三记，
门口泊着小舟；枫杨的叶子黄了
塔前有痛哭的老妇人
不明原因的悔……有人正试图驱逐她

久居人间，死去活来
你看到的——
撞钟的人是我，撞不醒的是我；
行舟的是我，落第的是我；
那个瘫倒在佛前痛哭的人，是我；
都是我。

2015年5月

上佛顶山

两千多台阶
三步一叩首
合拢的掌心，低下的头
风有来处
落叶有去处
一个礼佛的女人
不宽广，不狭隘

乞讨的人，是佛的化身
施予的手，也是佛的化身

一次次与尘土、水渍、腐叶接触
我对骨子里的软弱，已抱平常之心
并把人世间所有的繁华
视作荒凉，把一个人的消失
视作情到深处

2016年4月

古典主义
伏龙寺的

寒玉入怀
月色与山寺正好构成古典的意境。

上弦月，洞箫把它一点点抽空
缺的部分，由古琴补上

我喜欢伏龙寺古典的部分
明月，经书，屋顶的兽
琴箫合奏也是
夜色也是
内心的深渊也是

"在寺院想一个人也是古典的。"
"你心不在焉的样子，很美……"

藏经阁外，去岁被雪压垮的芭蕉
又长得肥肥绿绿
为了古典，我还将继续折磨自己

2016年4月

南山寺闻笛

天地广阔，万物宁静
一个僧人在高处吹笛

……不可描述。他的僧房门上
写着万法皆空

逐渐关闭的殿门、熄灭的香炉，
暗下去的夕光
从瞌睡中醒来的老猫缓缓弓起背脊

我再一次目睹了古老事物的神秘
藏在静穆深处的庄严
别有深意的悲欣交集

感谢笛声，把寺院空间扩展无数倍
寺中的白塔就更白了一点

我不远千里而来，不迟不早
正好赶上一个僧人在高处吹笛
他的身后
太行山的秋色正无限接近觉悟

2015年10月

访洞山古寺

午后，台风将至。我们在廊前说天气
说桂花，说新写的书法

不二法门，头上的匾额有其庄重
我久陷于没有才情的困境之中

不灭的烛光，是内心的宽慰
山中的小寺，是红尘的宽慰

我从台风深处走来，仍将回到台风深处
风愈来愈大，
我扶了扶心中微微倾斜的菩萨

杯中红茶半浮半沉
汤色透亮，恍若慈悲

风吹开了白色的裙摆，藏经阁的木门上
雕刻着如意和一个古寺长久的祝福
女儿，
你低头读书的样子，就像是一尊菩萨。

2015年8月

过慈云寺

彼岸有花，看不真切
我点上香烛，把拍下的照片发往远方

墙内宝塔，墙外行人，
多少年动静相参，虚实相生

移动的车轮又带走了谁，花微微一动
同时出现在岸上和水中的人，又滑入虚空

我在寺中听经，我追不上他们了
他们往翻新的老街深处更进了一步

有一瞬间的静止像是秘密被揭穿
船只往来把涟漪送到洗衣妇的手中
——碎了，扭曲了，又复归平静

沉默的石阶从寺门伸向水底，

一级连着一级——我迷失于变形的玄机
往左一点是人间，往右一点是灵界
人不人鬼不鬼地活了很多年
偏偏还惦记着彼岸的花

2015年5月

后记

第四本诗集。

冬季去西湖看了一场雪。在渡船上远看断桥，黑压压都是人。断桥残雪的美全被消解了。多么盛大的人文背景，却也可以等于零。让人感到担忧，又感到安慰。传说太美，我们太俗。然毕竟还有那么多人尚未心死，尚有一种美存在于想象之中。这是当下，是人间。是诗歌。

我到断桥时，已近子时。雪忽然大起来。一切又变得美而纯粹。我们沿着白堤走，选择走在路边积雪上，试图留下干净的脚印。对岸有灯光，我说：这是虚幻的。他说：但这也是真实的。这是隐喻，也是诗歌。感性与理性成为写作的二元，解构或者重构，本身已是诗。

而断桥，是古典的，也是现代的；是永恒的，也是庸常的；是冲突的，也是平衡的；是属于所有人的，也是属于一个人的；这一切与断桥有关，又无关。是物，非物。是诗，非诗。背后是西湖，是江南，是汉语，又不是。我的目光穿越黑压压的人群，穿越残雪，寻找一个词语所散发出的微光。断桥在提醒我，诗歌如何使用真正的源泉。

有时我在船上看桥，有时我在桥上看船；有时我是旁观者，有时我是介入者；有时我与这一切保持距离，有时又试着承担这一切。想起泰戈尔在清华演讲中的结束语："拿灵魂来给一切的事物"。这是写作姿态，也是责任。

　　感谢度化我的人，感谢陪我走的人。

　　并感谢浙江省作协、宁波市委宣传部、宁波市文联。

　　　　　　　　　丁酉冬末　张巧慧于暖阳小筑

图书在版编目（CIP）数据

与大江书 / 张巧慧著. -- 上海：文汇出版社，2017.12
ISBN 978-7-5496-2435-5

Ⅰ.①与…　Ⅱ.①张…　Ⅲ.①诗集-中国-当代
Ⅳ.①I227

中国版本图书馆 CIP 数据核字(2018)第 004135 号

与大江书

著　　者 / 张巧慧
责任编辑 / 熊　勇
出版策划 / 力扬文化

出版发行 / **文汇**出版社
　　　　　上海市威海路 755 号
　　　　　（邮政编码 200041）
印刷装订 / 成都勤德印务有限公司
版　　次 / 2017 年 12 月第 1 版
印　　次 / 2017 年 12 月第 1 次印刷
开　　本 / 880×1230　1/32
字　　数 / 160 千
印　　张 / 6.5

ISBN 978-7-5496-2435-5
定　　价 / 38.00 元